もくもく もくーん

かわい あらむ さく・え

ぴーふくんと　りずちゃんは、
大《だい》の　なかよしです。
おうちも　となりどうしなので、
二人《ふたり》は　いつも　いっしょです。
ある日《ひ》、　ぴーふくんの
おうちでのことです。
りずちゃんが、ふしぎそうに　いいました。
「ねえ、まどの　そとに　見《み》える　あの　白《しろ》い
ものは　いったい　なにかしら。」

まどの　すぐそとで　白《しろ》く　もこもこした　なにかが、
うかんでいるようです。

かたちは、　まるで　空《そら》に
うかぶ　くものようです。
でも　くもにしては、ずいぶん
ひくい　ところに　うかんでいます……。
それに　空《そら》の　くもより
ずいぶん　小《ちい》さな　気《き》もします……。
「ねえ、この　もこもこ……、
さわってみようよ……。」
ぴーふくんは、手《て》を　のばし
おそるおそる　さわりました。
「うわ！　とても　ふわふわしているよ。

りずちゃんも　さわってごらんよ。」
ぶるぶるっ。
「えっ！　あれれ？
いま　うごいたんじゃない？」
どうやら　この　もこもこした
ものは、さわると
すこし　ゆれるようです。
二人《ふたり》は、おもしろくなり　さらに
さわり　つづけました。
すると　とつぜん
こえが　しました。

「あははは、くすぐったいよ。」
おどろいたことに　その　もこもこした
ものが　しゃべったのです。

「こんにちは。
ぼくの　名《な》まえは　もくーん。
よろしくね。」
　はなしを　きけば、
かみなりぐもの　子《こ》どもでした。
　いねむりを　していたら、
空《そら》から　おっこちて
きちゃったらしいのです。
　しかも、まだ　小《ちい》さいので、
じぶん一人《ひとり》の　力《ちから》では
空《そら》に　もどることが　できずに

こまっていたのだそうです。
どうすれば、もくーんは　空《そら》に
とんでいけるのでしょう？

「そうだわ！
せんぷうきを　つかうのは　どう？
せんぷうきの　かぜの力《ちから》を
つかえば、お空《そら》に
とんでいくんじゃないかしら。」
りずちゃんが、いいました。
「ほんとうだね。
さっそく、やってみようよ。」
さっそく　二人《ふたり》は、せんぷうきを
おにわに　出《だ》すことにしました。

「よいしょ、よいしょ。
このあたりで　いいよね。
じゃ、かぜを　おくるよ。
じゅんびは、いいね？」

カチッ《かちっ》

ふわふわ。
せんぷうきの　つくった　かぜが
もくーんを　つつんでいます。
「気《き》もちの　いい　かぜだね。
からだが　うかんできたよ！」
もくーんも、この　かぜに　のり
とんでいこうと　がんばります。

でも、やねの　あたりまで
いくと　おちてきてしまいます。
なんども　なんども
がんばりましたが　やっぱり
おちてしまいます。
どうやら　せんぷうきでは
むずかしいようです。

「もう　お空《そら》に　かえることは
できないのかな……。」
もくーんは、いまにも
なきだしてしまいそうです。
からだも、すっかり　雨《あま》ぐもの
いろになってしまいました。
「げん気《き》　出《だ》して！
だいじょうぶよ、きっと。」
りずちゃんが、はげまします。
なくのを　がまんする　もくーんの
ほっぺは　ふくらんで、

まるで　ふうせんみたいです。
そんな　もくーんの　すがたを
見《み》て、ぴーふくんが
おもいつきました。
「そうだ、ふうせんだよ！
ふうせんを　もくーんに
くくりつけたらどう？
お空《そら》まで　ふわふわ　とんで
いけるはずだよ。」
「そうだわ！

ふうせんと　いっしょなら
かえることが　できるわよ。」
りずちゃんが、いいました。
「ほんとう？　お空《そら》に
かえることが　できるの？
ぼくの　ために　いろいろ
かんがえてくれて
ありがとう。」
もくーんは　いいました。
からだの　いろも　すっかり
もとの　いろに　もどりました。

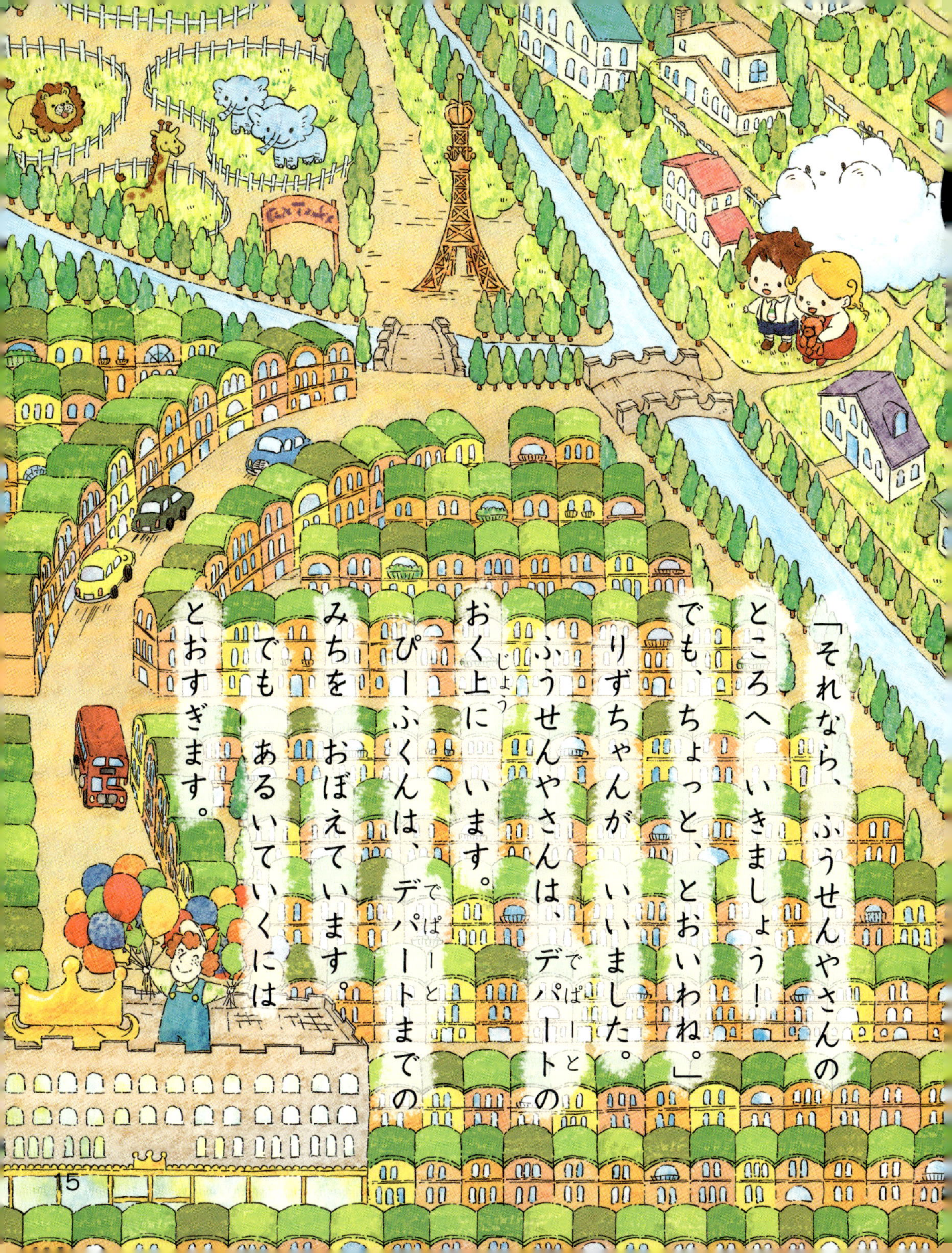

「それなら、ふうせんやさんの
ところへ いきましょう！
でも、ちょっと、とおいわね。」
りずちゃんが いいました。
ふうせんやさんは、デパート《でぱーと》の
おく上《じょう》に います。
ぴーふくんは、デパート《でぱーと》までの
みちを おぼえて います。
でも あるいて いくには
とおすぎます。

いつもは　車《くるま》や
バス《ばす》でいっているのです。
そのとき　もくーんが　いいました。
「ふふふ、だいじょうぶだよ。
車《くるま》の　かわりに　ぼくの
上《うえ》に　のせて　あげるよ。」
！！！！！？？
「え？　くもの　上《うえ》に、
のることなんて　できるの？」
二人《ふたり》は　びっくりして　ききました。
くもに　のった人《ひと》なんて

きいたことが　ありません。
「ふふふ、そうだよ。ぼくたちは、
なかのいい　あい手《て》には　こっそり
のせてあげているんだ。」
もくーんが　こたえました。
「ありがとう、もくーん。
それじゃ、おねがいするね。」
ぴーふくんは　いいました。
二人《ふたり》は、もくーんに　のるために
さっそく　はしごを　よういしました。

はしごを　つかって
いよいよ　のりこみます。
おどろくほど　ふかふか
しています。

「それじゃ、いくよ！」
もくーんは　二人《ふたり》を
のせて　すいーっと
うごきはじめました。

ふわり

まるで　おだやかな
みずうみの　上《うえ》を　すすむ
小《こ》ぶねの　ようです。

「すごいよ、びっくりだね！」
ぴーふくんは、すっかり
こうふんしています。
「かぜが　気《き》もち　いいわね。」
りずちゃんも　こわく
ないようです。
「あ、そこを　まっすぐ。
あっちの　ほうだよ。」
かれらは　すいすいと
すすんでいます。
「あ、こんどは　左《ひだり》に

まがってね。」
かれらは、どんどん　先《さき》を
いそぎます。
車《くるま》や　バスでいくみちを
もくーんに　のって
すすみます。
「おぉ！　なんだ、あれは！」
「いったい　どうなって
いるの？」
みんな　とても
おどろいています。

XE532

ブッブー《ぶっぶー》。
ザワザワザワ《ざわざわざわ》。

しばらくして、デパート《でぱーと》に　つきました。
空《そら》を　見上《みあ》げると　大人《おとな》の
くもたちは　とおくに
いってしまっています。
もくーんが　おちたことに
気《き》が　ついていないのです。
早《はや》く　かえらないと、
おいてけぼりに　なって
しまいます。
「もう　じかんが　ないね。
このまま　もくーんに　のって

デパート《でぱーと》に　入《はい》ってしまおうよ。」
ぴーふくんが　いいました。
りずちゃんも　うなずき、
もくーんを　見《み》つめました。
「わかったよ。
ぶつからないように
しないとね。
どれどれ。」
そういうと　もくーんは、
デパート《でぱーと》の　入口《いりぐち》に
むかいました。

「いらっしゃいませ……？きゃ！」
入口《いりぐち》に　立《た》っていた
デパート《でぱーと》の
てんいんさんは　すっかり
おどろいています。
「ごめんなさい。
いそいでいるんです。
もくーん、あっちだよ。」
デパート《でぱーと》の　中《なか》は
みんな　大《おお》さわぎです。

「そうそう、あっちあっち」
ぴーふくんは　どうやら
エレベーター《えれべーたー》に　のる
つもりのようです。
「いらっしゃいませ？　きゃ！」
エレベーター《えれべーたー》の　中《なか》にいた
てんいんさんも
びっくりしています。
「おどろかせて　ごめんなさい。
おく上《じょう》まで　おねがいします。」

おく上《じょう》に　つくと　二人《ふたり》は、
ふうせんやさんの
ところに　いきました。
じじょうを　せつめいすると、
ふうせんを　ただで
くれました。
　ぴーふくんたちは、
ふうせんやさんに
おれいを　いいました。
　そして　もらった　ふうせんを
四《よっ》つ　むすびつけました。

さあ、これで　かえることが
できるでしょうか。
「じゃ、手《て》を　はなすよ。」
そう　いうと、二人《ふたり》は
もくーんから　はなれました。

もくーんは、ふうせんの　力《ちから》で
空《そら》へと　あがっていきます。

もくーんも　ひっしで
がんばっています。

「もくーん　がんばって！」

「がんばれ、もくーん！」

二人《ふたり》も　おうえんしています。

やがて　もくーんは、
とおくの　くもと
おなじくらいの
たかさに　なりました。
もう　しんぱいないようです。

ふわり
ふわり
ふわり

「さようなら　げん気《き》でねー。」
「またいつか　あおうね！」
大《おお》きな　こえで　二人《ふたり》は
さようならを　いいました。
こうして　もくーんは、大空《おおぞら》へと
かえっていきました。
「またいつか　あえるよね。」
二人《ふたり》は　とても　きれいな
空《そら》を　見《み》ながら　いいました。

またね

もくもく　もくーん　作・絵／かわい あらむ

発行人／加村憲造　　発行所／株式会社　奨学社

大阪府大阪市中央区本町３－５－５